ぼくって女の子？？

ルイス・サッカー／作　はら るい／訳　むかいながまさ／絵

文研出版

もくじ

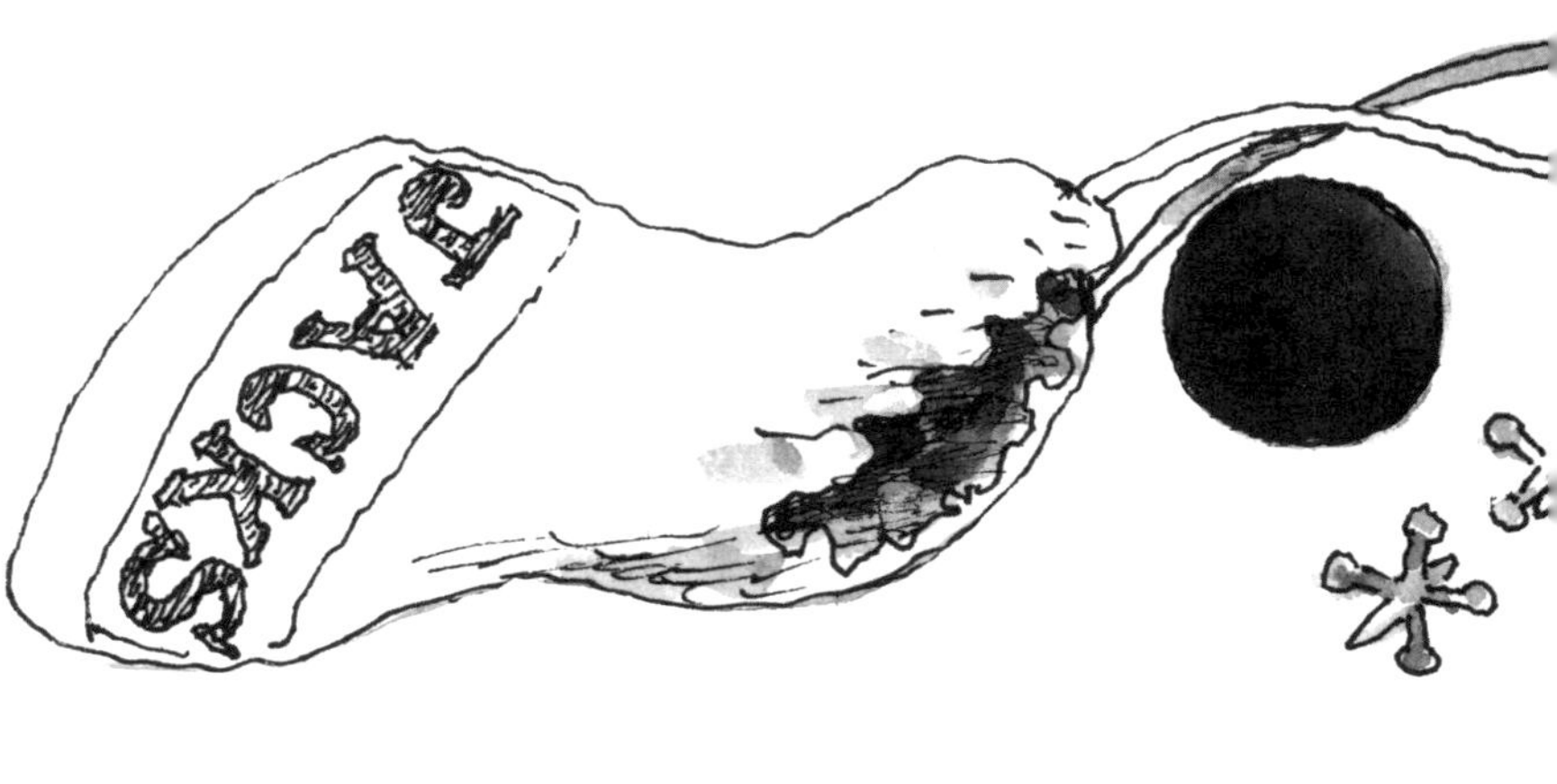
JACKS

この本を、ジョナサンとエリンにささげる。

IS HE A GIRL ?　by　Louis Sachar

ぼくって女の子？？

1　ヘンな女子

「ひじにキスしたら、女子になるんだって。」

ケイシー・ハップルトンがいった。

マーヴィン・レッドポストは、ケイシーを見た。

ポニーテールを、うしろではなく、よこにむすんでいる。

ふたりはノース先生のクラスの生徒《せいと》で、席《せき》がとなりどうし。

「ほんとうよ。」とケイシー。「男子がひじにキスすると女子に、女子がひじにキスすると、男子になるの。」

「もとにもどれるの?」マーヴィンがきく。

「もどれるけど、もういちどひじにキスしなきゃだめ。」

マーヴィンはかんがえてみたが、やってみる気はなかった。すくなくとも、ケイシーのまえでは。

「ひじは左か右か、かんけいあるの?」とマーヴィン。

「どっちでもいいの。」とケイシー。「だけど、外がわのかたいところよ。内がわのやわらかいところじゃなく。」

「やったことある？」とマーヴィン。

「ないわよ！」ケイシーがさけんだ。「わたしをどんな子だと思ってるの？　ヘンな子とか？」

マーヴィンは肩《かた》をすくめる。そのとおり。ヘンな子だと思っている。

「だれ、おしゃべりしているのは。」ノース先生がいった。「マーヴィンとケイシーなの？」

マーヴィンは赤くなる。みんながふたりを見ている。ケイシーがすきだと、思われたくなかった。

マーヴィンは、つくえの上で腕組《うでぐ》みをし、顔をのせる。

そしてひじを見る。

第一《だい》に、ほんとうに女子になるとは思えない。第二に、ひじは口にとどくものなのか？

かれは、ゆっくりと口をひじへ近づける。キスするつもりはない。口がひじにとどくかしりたいだけだ。

口は、とどかなかった。

べつのやりかたでやってみた。背《せ》すじをのばしてすわる。背中《せなか》をかくように、手をどんどんうしろへのばす。

口を、ぐいっとつきだす。

「あらーっ！」ケイシーがゆびをかむ。

「なんだよ？」マーヴィンが声をあらげる。

「見ちゃったもんね！　ひじにキスしようとしてた。」

「してないよ。背中《せなか》をかいてたんだよ。」

「女子になりたいんだ！」

「かゆかっただけだよ。」

「あなたってすごくヘン!」

「そっちこそヘンだよ。背中《せなか》をかく人はみんな、ひじにキスするっていうの?」

「みんなじゃないよ。」とケイシー。「あなただけ。」

「マーヴィン! ケイシー!」とノース先生。「席《せき》をはなさなきゃならないのかしら?」

「あらあら、マーヴィンとケイシーったら!」とジュディー。

ほかの子どもたちがわらう。

マーヴィンは、組んだ腕《うで》の中に顔をふせた。

（ヘンなのはケイシーだ。）マーヴィンは思った。（おれは人まえで、女子になったりしないさ！　どっちみち女子にはならない。たとえやるとしても、学校ではやらない！）

「ケイシー。」メラニーが、マーヴィンにもきこえるような声でいった。「マーヴィンは、あなたのことすきなんじゃないの。」

ケイシーはマーヴィンを見て、「あらーっ！」といい、ゆびをかんだ。

ケイシーがヘンな子だという、もうひとつのわけはこれだ。年じゅう、「あらーっ！」といってゆびをかむこと。よこにむすんだポニーテールも、ヘン！

休み時間のベルが鳴った。マーヴィンは教室の外へ出る。

「ケイシーとなんの話、してたの？」とスチュアート。スチュアート・オルブライトは、マーヴィンの親友だ。

「べつに。」とマーヴィン。「すげえヘンな子だよ。」

「すきじゃないんだろ？」ニックがきく。ニック・タッフルもマーヴィンの親友だ。

「すきなわけないじゃん！」とマーヴィン。「あいつがなんていったか、しりたい？」

「なんて？」親友ふたりがきく。

「すげえヘンなこと。」とマーヴィン。「あのね……。」マーヴィンはそこで口をつぐむ。「犬やねこと話ができるんだってさ！」

ニックとスチュアートが、わらった。

「そりゃふつうじゃない！」とスチュアート。

「ケイシーってふつうじゃないよな。」とニック。

三人は、ウォールボール*の列《れつ》にならんだ。

親友のふたりに、なぜあんなうそをいってしまったのか、マーヴィンはじぶんでもわからなかった。

2　女子にはなりたくない

マーヴィン・レッドポストの家は、灰色《はいいろ》の二階《かい》だてだ。

ぐるっと白いフェンスにかこまれ、門柱《もんちゅう》のすぐよこに、一本だけ

赤い支柱《しちゅう》がある。

マーヴィンは、その赤い支柱《レッド・ポスト》をトントンとたたいて、門を入った。

ドアのまえで足をとめ、もういちどひじにキスしようとした。

＊ウォールボール　プレーヤーが交互《こうご》に、かべにあてたボールを手でうちかえすゲーム。ボールをうつのではなく、キャッチしてなげるなど、いろいろなやりかたがある。

「なにしてんの、マー？」マーヴィンにつづき、ジェイコブが帰ってきた。

ジェイコブはマーヴィンの兄だ。

思わずマーヴィンはたちすくむ。「えーっと……。」と、まげた腕《うで》に目をやる。「空手の練習《れんしゅう》さ。」

「サイコー！」とジェイコブ。

兄弟はいっしょに、家に入った。マーヴィンは、兄のジェイコブを尊敬《そんけい》している。かっこいいと思っている。

ジェイコブが、ひじにキスをしてみる、なんてありえない。

マーヴィンには、リンジーという四歳《さい》の妹もいる。
「あたしシールもってんだ〜。」とリンジー。
「よかったね。」マーヴィンは、キッチンのテーブルにリュックをおく。
「あげないからね。」とリンジー。
「ほしくないから。」安心《あんしん》して、というように、マーヴィンがいう。
「お母さんにいってやる！」リンジーがかみついた。
「えっ？」とマーヴィン。
「お母さーん！」リンジーがさけぶ。

お母さんがキッチンに入ってくる。
「マーヴィンが、あたしのシールきらいだって！」とリンジー。「くだらないって！」
「そんなこといってないぞ。」とマーヴィン。
「リンジーが体操《たいそう》教室でもらったのよ。」ほこらしげに、お母さんがいった。
「よかったね、リンジー。」とマーヴィン。
「ほら、見てて。」とリンジー。
リンジーはげんかんホールで、さかだちをする。

「すごいなあ、リンジー！」とマーヴィン。

そのことばに、本気のきもちもあった。

というのは、マーヴィンはさかだちができない。女子のほうが、さかだちはじょうずだと思っている。


マーヴィンは寝《ね》るまえに、もういちど、ひじへキスしようとした。帰ってからずっとためしてみた。宿題《しゅくだい》をするときも、歯《は》みがきの前後も、ジャクソン大将《たいしょう》にえさをやるときも。

ジャクソン大将は、ペットのトカゲの名まえだ。マーヴィンの勉《べん》強《きょう》づくえのわきにある、ガラス箱《ばこ》でくらしている。

「ばかばかしいよな。」マーヴィンは、ジャクソン大将に話しかける。

「もしひじにキスできても、なんにも変《か》わらないのに。」

ジャクソン大将は、ちゅるっと舌《した》をだす。

マーヴィンのパジャマは、*忍者《にんじゃ》タートルズのパジャマだ。

かれは、男子でよかったと思う。男子でいることが、気にいっているのだ。女子は、バカだし、ヘンだ。ぜったいにこれだけはいえる。

女子にはなりたくない！

すくなくとも、一生女子でいるのはごめんだ。ほんのちょっとなら

＊忍者タートルズ　四ひきのカメの姿《すがた》をした忍者グループ。アメリカの漫画《まんが》の主人公《しゅじんこう》で、映画《えいが》やアニメにもなり、日本でも放映《ほうえい》された。

いいかも。どんな感《かん》じか、ためしてみるぐらいなら。

でも、ひじにキスするだけで、女子に変身《へんしん》するはずがない。ばかばかしい。ケイシー・ハップルトンはどうかしている。そんなくだらないことばかりいってるのに、だれが女子になりたいなんて思うもんか。

マーヴィンはもういちど、ひじにキスをしようとした。

なんどためしてもできないので、マーヴィンはいらいらした。


夜中の十二時。

マーヴィンはシーツにもつれこむように、ねむっていた。しっかりまくらをだきしめている。
窓《まど》から部屋《へや》に、こうこうと満月《まんげつ》の光がさしこんでいる。
マーヴィンは寝《ね》がえりをうった。またゴロンと、反対《はんたい》がわへ。
ごろごろ寝がえりをくりかえすうちに、体がぐるぐるシーツにからまってくる。
まくらをだいたまま、ベッドのはしから外へ、寝がえりをうった。
しかし、ゆかにはおちなかった。すっぽりシーツにからまっていたからだ。
「えっ、な、なに？」

気がつくと、マーヴィンはさかさにぶらさがっていた。全身《ぜんしん》ほうたいにまかれた、ミイラのように。

ベッドにはいあがろうと、マーヴィンはシーツをひっぱった。

とつぜん、グイとひじがひっぱられ、もうすこしで口にとどきそう。

でも、ひょいと、もとにもどってしまった。

もういちど、シーツをひっぱる。

また、ひじが口にとどきそうになる。

マーヴィンはひっぱった。さらに力をいれ、シーツをひっぱった。

ひじがだんだん近づく。

腕《うで》がポキンと、おれてしまいそう。
口を、ぐーっとつきだす。肩《かた》のほねがぴょこんと、とびだしそう。
ここぞとばかり、力を
こめて、ひっぱった。
マットレスから、シーツが
はがれ、ゆかへドッスーン！
カーペットに、頭をぶつ
けた瞬間《しゅんかん》、マーヴィンは
じぶんのひじにキスしていた。

3　マーヴィンに不可能《ふかのう》はない

マーヴィンはたちあがった。そしてじぶんを、あちこちチェックする。まだ男子だ。まだ男子って、あたりまえだ！

かれは、ケイシーに話したくてたまらなかった。ケイシーがヘンな子だという、たしかなしょうこだった。

またベッドにもどる。

いや、ケイシーには話せない。マーヴィンは気がついた。話せば、ひじにキスをしたヘンな子だと、思われてしまう。

でも、かれはやりとげた。ここが、だいじだ。

(マーヴィン・レッドポストに不可能《ふかのう》はない!)そう思った。

そしてすぐねむりにおちた。

野球《やきゅう》をしている夢《ゆめ》を見た。

九回、ツーアウト、フルベース。かれのチームは、三点差《てんさ》でまけている。ホームランをうつと、逆転《ぎゃくてん》できるだいじな場面《ばめん》。

「いいぞ。つぎはマーヴィンだ。」とニック。「マーヴィンがホームランをうってくれる。」

「マーヴィン・レッドポストに不可能はない。」とスチュアート。

「あいつの武器《ぶき》はひじだ。」とニック。「チーム一強いひじがある。」

マーヴィンがバッターボックスへむかう。

観客《かんきゃく》が、やんやのおうえんをおくる。「マーヴィン！　マーヴィン！　マーヴィン！」

ピッチャーはクラレンスだ。クラレンスはクラス一、力が強い。いや、学校一かもしれない。

マーヴィンは、バットでホームプレートを、トントンとたたいた。

バットを高くかかげ、かまえる。
クラレンスが、マウンドにつばをはき、マーヴィンをにらみつける。
マーヴィンはバットを前後にふる。クラレンスはこわい。けれど、
顔にださないように、ぐっとこらえる。
とつぜん、クラレンスが、ハハハ、とわらいだした。
すると、みんなもわらった。
審判《しんぱん》がマーヴィンにいった。「わるいけど、きみに野球《やきゅう》はむりだね。
ユニフォームを着《き》てないもん。」
「えーっ？」とマーヴィン。

マーヴィンは、じぶんに目をおとす。ワンピースを着ていた。

4　ねむってはだめ！

金きり声をあげ、マーヴィンは目をさました。
お母さんが階段《かいだん》をかけあがってくる。「リンジー？　リンジー、だいじょうぶ？」
「リンジーじゃないよ。」マーヴィンがさけぶ。「おれだよ。マーヴィン。」

「マーヴィンなの？」お母さんがドアをあける。
「わるい夢《ゆめ》を見たんだ。」マーヴィンが、わけを説明《せつめい》する。
「どんな夢か話してみる？」
「いい！」マーヴィンはそくざにいった。
ワンピースを着《き》ていたなどと、いえるわけがない。
「もうだいじょうぶだから。」とマーヴィン。
お母さんはひたいにキスし、「おやすみ。」といって、部屋《へや》を出ていきかける。
「なんでリンジーだと思ったの？」とマーヴィン。

「わからないけど、声がリンジーみたいだったから。さあ、もう寝《ね》なさい。」

マーヴィンは、ねむれなかった。

女子になってしまうのではないかと、こわかった。

「もうはじまったんだ。」マーヴィンは声にだしていった。「女子みたいな声になってる。」

いまお母さんがいったもの。声がリンジーに似《に》てたって。

マーヴィンは口にだして、じぶんの声に耳をかたむけた。ほんとうかどうか、たしかめたかった。

IZARD
RD

そうかもしれない、と思う。ききわけるのはむずかしいけれど。

さらに声をだしてみた。「メリーさんのひつじ、かわいいひつじ。ふわふわ白い毛、雪のよう。」

ちょっとおかしな声だ。

「まてよ！　なんでおれ、メリーさんとバカなひつじの詩《し》なんか、つぶやいてんの？」

（これって、女子の詩だ！）

声だって、ちがっている！　まちがいない、とマーヴィンは思った。

学校では、チョウとガについて学んでいた。

アゲハの幼虫《ようちゅう》は、さなぎになって冬をこす。春がきて目がさめたら、チョウになっているというわけだ。

ノース先生はこういった。「どのようにして幼虫がチョウになるのか、まだよくわかっていません。」

でもいま、その答えがわかった。

(たぶん、幼虫はひじにキスするんだ。)

マーヴィンはベッドを出た。

目がさめているうちは、安心《あんしん》という気がした。もういちど、ひじにキスしなければ、ねむれないと思った。

二時間たった。マーヴィンはまだ、ひじにキスしようとがんばっていた。

ひじを目のまえにつきだし、ぴょんぴょんとびはねてみる。高く、すばやくとべば、きっと口にぶつかるはずだ。

ふと、とぶのをやめ、ベッドを見た。

「すこしは寝《ね》なきゃな。」声をだしながら、じぶんのみょうな声をきいた。「こうやって永久《えいきゅう》におきてるなんて、むり！」

マーヴィンはあくびをする。

「男子が女子になるもんか。」マーヴィンは、ジャクソン大将《たいしょう》にいった。「真夜中《まよなか》だから、ついおかしなことをかんがえるんだ。」

かれは時計を見る。もう三時半！　あと五時間で授業《じゅぎょう》がはじまる。

しだいにまぶたがおもくなるが、目をつぶらないようにふんばった。

「ケイシー・ハップルトンは、ヘンな子だよ。」かれは大将にかたりかける。

ジャクソン大将は、舌《した》をちゅるっとつきだす。

「夜中にさけび声をきいて、」かれはトカゲに説明《せつめい》する。「リンジーだと思ったんだって。そりゃそうさ、お母さんはリンジーがかわいいんだ。べつに、おれが女の子みたいな声ってことじゃない！」

なるほど、それならわかる。声がちょっとおかしいことをべつにすると。

「たぶんかぜのひきかけだな。ぜんぜん寝《ね》てないから。」

かれはゆかにひざをつく。腕《うで》を、いすの足の一本にまきつける。そして反対《はんたい》がわから口で、ひじをむかえてみる。

べつの方向《ほうこう》からもやってみる。

もういっぽうのひじも、ためしてみる。

「ケイシー・ハップルトンって、チョーヘンな子!」

マーヴィンは、じぶんのベッドを見た。

ひじにはじめてキスしたとき、シーツにくるまれてたっけ。ミイラみたいに。

ということは、もういちどそうすればいいんだ！

マーヴィンはベッドにもどった。そして、まえとそっくりおなじように、体にシーツをまきつけてみた。

ところが、ベッドはすこぶるきもちがよかった。シーツはゆっくりとくつろげた。

かれは、ふわふわのまくらをだきしめ、目をつむる。そしてねむりにおちた。まるで、さなぎの中の幼虫《ようちゅう》のように。

5 なにかがちがう

ジュディーとメラニーは、うんていにさかさにぶらさがっていた。

「ねえ、マーヴィン。」ジュディーが声をかける。「わたしんちのパジャマパーティーにくる?」

「いいよ。」とマーヴィン。

「よかった。」とメラニー。「おそくまでおきて、ペ*ディキュアのぬりっこするの。」

そこでマーヴィンは目がさめた。

「だれがいくか！」マーヴィンは、ほとんどさけんでいた。

ジュディーに電話して、パジャマパーティーにいかないと、つたえたかった。ペディキュアなんかぬりたくない！

これはただの夢《ゆめ》だと、マーヴィンはじぶんにいいきかせた。

夢、って？　しまった、寝《ね》ないつもりが！

マーヴィンは、ベッドからとびおきる。

体をざっとチェックする。まだ男の子だ。

＊ペディキュア　足のつめにエナメル（はやくかわき、つやがあるペイント）をぬって、色や光沢《こうたく》をつけること。手のつめにぬるのがマニキュア。

時計を見る。三時四十五分。ねむったのは、ほんの五分足らず。

女子になるには、それっぽっちじゃむりだ。

マーヴィンはベッドからあとずさりして、イスにぶつかった。ひっくりかえったイスをなおしているとき、ふと見ると、目のまえに世界《せかい》一《いち》ぶきみな顔が！

マーヴィンは、キーキー声をあげた。

そして、あわてて口をおさえる。

それは、ガラスの箱《はこ》でしっかりまもられた、ジャクソン大将《たいしょう》だった。こわいはずがない。

「トカゲはこわくないもん。」かれはつぶやく。

（女子は、トカゲをこわがる。）
マーヴィンは、こわくないしょうこに、じっとジャクソン大将《たいしょう》の目を見すえる。
「おまえなんかこわくないよ。」
ジャクソン大将が、ちゅるっと舌《した》をだす。

「きもちわるっ！」

マーヴィンはまた口をおさえる。

（女子は、トカゲをきもちわるがる。）

「きもちわるいなんて思わない、思わない。ほんとうに思わない。かわいいと思ってるよ。」

そういってから、マーヴィンはもういちど口をおさえた。

（女子は、トカゲをかわいいと思う。）

マーヴィンはバスルームへ走った。

かがみにうつるじぶんを見た。

顔を見ようとした。髪《かみ》ではない。忍者《にんじゃ》タートルズのパジャマではない。じぶんの顔を見ようと。

いつもと、まったくおなじ顔だ。

ただ、なにかがちがう。マーヴィンは目をこすった。どことなく、ちょっと……かわいい。

じぶんの顔をじっと見る。女子の鼻《はな》だ！

どっちから見ても、ますますそうだと思えてくる。

「あらーっ！」かれはゆびをかんだ。

「おはよ、マーヴィン。」リンジーが、バスルームに入ってきた。かがみに、リンジーのねむそうな顔がうつっている。「リンジー、ちょっときいていい？」

「いいよ。」リンジーはあくびする。

「じゃあ、こっち見て。」とマーヴィン。「とってもだいじなことなんだ。」

かれはひざをつき、リンジーの肩《かた》に手をおく。幼児《ようじ》の、たったひとつ、いいところ——それは、いつもほんねをいうところだ。

「おれの顔見て。」とマーヴィン。「女の子みたい？」

リンジーは、しっかりと見た。そしてほおにさわる。耳もさわる。

「うん。」

「えーっ?」マーヴィンはさけんだ。「アホ! マヌケ! このむかつくガキが!」

リンジーの顔が、ゆっくりくずれはじめる。

「あっ、ごめん。」とマーヴィン。「ごめんな、リンジー。」

もうおそい。リンジーは泣《な》いている。

「ごめん。」マーヴィンはくりかえす。ため息《いき》をつく。「あの、どうして女の子みたいって思ったの?」

「男の子みたいだよ。」リンジーはしゃくりあげる。

「なら、なんで女の子みたいっていったの？」

「わかんない。」とリンジー。まだしゃくりあげている。

「理由《りゆう》があるはずだよ。」とマーヴィン。「いって。もうおこらないから。」

「あたしオマルにいく。」とリンジー。

妹がバスルームを使《つか》うあいだ、マーヴィンは待《ま》っていた。それぐらいは、まだ男の子だとわかった。

「どなったりしてごめんね。」リンジーが出てきたとき、かれはいった。「あの……。」そこで口をつぐむ。「いまからいうこと、だれにもいわないって約束《やくそく》できる？」

リンジーは約束した。

「おれ、女子になりそうな気がするの。」とマーヴィン。

リンジーはぽかんと口をあける。

「あたし、お姉ちゃんがほしかったの！」すぐ、うれしそうにさけんだ。「バースデーケーキにおねがいしたの。ロウソクをぜーんぶふきけしたんだから。」

マーヴィンは、ハハ、とわらった。

「マーヴィンって、とってもやさしいお姉ちゃんになるよ。」とリンジー。「いっしょに着《き》せかえごっこができるし、髪《かみ》のとかしっこもできる。ロベにのつけかたも、おしえてね。」

マーヴィンは妹にほほえむ。「ティーパーティーやれるね。」

「そうよ！」とリンジー。「男の子はおことわりだもん！」

マーヴィンはわらった。

リンジーもわらった。

真夜中《まよなか》に、マーヴィンとリンジーは、バスルームのゆかにすわったまま、くすくすわらっていた。

6　女子っていいなあ

「どうした？」朝、のろのろと階段《かいだん》をおりるマーヴィンに、ジェイコブが声をかけた。

「よくねむれなかった。」とマーヴィン。

夜中じゅう、ひじにキスしようとしていたのだ。

「またわるい夢《ゆめ》を見たの？」とお母さん。

「うん、そんな感《かん》じ。」マーヴィンはつぶやき、ボウルにシリアルをいれる。

「なんだか声がヘンね。」とお母さん。「だいじょうぶなの？」

「かぜひいたみたい。」そうならいいけどと、マーヴィンは思った。

リンジーが、マーヴィンににこっとわらう。

マーヴィンは、シリアルをいれたボウルを見つめる。ボウルに頭をつっこまないよう、顔をあげていなければならない。

十分後、マーヴィンはまだ、ふやけたシリアルを見つめていた。

「ポニーテール？　ピッグテール＊？」お母さんがきいた。

＊ピッグテール　髪《かみ》を（左右に分け）、ぶたのしっぽのようにむすんだヘアスタイル。

お母さんは、リンジーの髪《かみ》をとかしている。

「ピッグテール。」とリンジー。

お母さんが髪をピッグテールにするのを、マーヴィンはながめた。

(女子はいいな。)と思った。いろんなヘアスタイルをたのしめるもの。やれピッグテールだの、ポニーテールだの、*きりさげ前髪《まえがみ》だのと。

マーヴィンのお気にいりは、きりさげ前髪だ。

(ち、ちがう!)かれはつぶやく。(きりさげ前髪はきらいだ。きりさげ前髪になんかしたくない。女子みたいな髪には。)

どうしてこんなことを思いついたんだろう。

女子は髪が長いからだ、と思った。事実《じじつ》だった。だから女子はいろんなヘアスタイルができる。すべてそこにつながる。きりさげ前髪にしたいわけではないのだ。

女子がワンピースを着《き》るようなものだ。男子は、ズボンしかはかない。でも女子はラッキーなことに、なにを着たっていい！　ズボンでもスカートでもワンピースでも。服《ふく》にキラキラのかざりをつけることだって。男子ならそうはいかない。

（ち、ちがう！　キラキラのかざりなんかつけたくない！　スカートもドレスもいやだ！　ズボンがいい。）

＊きりさげ前髪　前髪を、ひたいのところできりそろえたヘアスタイル。

「マーヴィン！」ジェイコブがよんでいた。「スチュアートとニックがきてるよ。」

「あらーっ！」マーヴィンはゆびをかんだ。

マーヴィンは、ニックとスチュアートの三人で、学校へいった。いつもとおなじように、ふるまった。

ニックの歯《は》が一本、グラグラとれそうだった。

「これ見て。」といって、ニックは大きく口をあける。舌《した》のさきで歯《は》をグイとおすと、歯がぺたんとたおれた。

「きもちわるっ！」とマーヴィン。

ニックとスチュアートがマーヴィンを見た。

「ちがった……サイコー！」とマーヴィン。

三人は授業開始《じゅぎょうかいし》にまにあった。

「ほら、パッツィー・ギャッツビーだ。」とニック。

スチュアートがわらう。

パッツィーはひとり、つくえでジャックをしてあそんでいる。

クラス一のヘンな子だ。ケイシーよりもヘンな子。パッツィー・ギャッツビー、と名まえをいうだけで、わらいがおきるぐらいだ。ケイシーは明るい変《か》わりものだけど、パッツィーは暗《くら》い変わりもの。いつも口数がすくなく、まるで人をこわがっているみたいだ。友だちがひとりもいないし、話しかけてくる子もいない。

でも、クラレンスだけはちがった。いろんなあだ名をつけて、バカにする。カメムシ、空気頭、ダブル・ブス、くせえ女、などなど。

パッツィーは、赤いボールをなげあげる。そしてすばやく、小さな星形のジャックをいくつかひろいあげた。

マーヴィンはジャック*をしてあそんだことがなかった。おもしろそうだな、と思う。

「おまえ、フットボールは？」とスチュアート。

「なに？」とマーヴィン。

「ちぇっ。」とニック。

やっとマーヴィンは思いだした。フットボールをもってくることになっていた。

「じゃ、なにしてあそぶ？」とスチュアート。「パッツィー・ギャッツビーとジャックやる？」

***ジャック**　ゆかなどに十この小さなコマ（ジャック）をまき、ボールをなげあげて、その手でコマをひろい、ワンバウンドしたボールをうける、お手玉に似《に》たゲーム。

ニックがわらった。

マーヴィンはパッツィーを見る。

（パッツィーはクラス一ヘンな子ではないのかも。）とマーヴィンは思った。（それは、おれかも。）

友だちをがっかりさせたくないので、ほかのあそびをかんがえた。

ふと、すばらしいかんがえがうかんだ。いままで、どうして思いつかなかったのかふしぎだ。

「石けりやる？」マーヴィンはきいた。

7　頭の中で声がする

ノース先生のクラス。マーヴィンは席《せき》についていた。
石けりのどこがそんなにおかしいんだろうと、マーヴィンは思った。
ニックとスチュアートが、わらったわけもわからない。
（石けりは、おくがふかいあそびなのに。男子ってバカだなあ！）
（あっ、いまのはジョーク！）マーヴィンは、あわててじぶんにいいきかせた。

女子は男子より頭がいい。これはほんとうだ。だれでもしっていることだ。

だけど、ほんとうにそうかなあ？

ひじにキスをするまえも、女子のほうが頭がいいと思っていたかどうか、思いだせない。

マーヴィンは勉強《べんきょう》に集中《しゅうちゅう》した。

マーヴィンのクラスはいま、筆記体《ひっきたい》の練習《れんしゅう》をしている。

かれの字は、クラスでいちばんきたない。きたなすぎて、じぶんでも読めないときがある。

なぜかというと、あわてて字を書くからだ。

ところがいまは、あわてるどころか、一文字一文字ゆっくりていねいに書いている。

ノース先生が、マーヴィンのそばをとおり、「すごくじょうずね。」といった。

マーヴィンはほほえむ。きちんと書くのは、それほどむずかしくない。時間をかければいいだけだ。

かれはおそわったとおり、一文字一文字書いていった。

ただし、アルファベットの「i」の、上の点が、いままでとはちがう。点ではなく、小さなハートマークになっていた。

マーヴィンはあくびをした。

たとえちょっとでも、目をとじていたいと思う。

「寝《ね》ちゃえば、マーヴィン。」と、頭の中で声がする。

女子の声だ。

「目をとじちゃえば。」声がささやく。「あとひと息《いき》よ。」

マーヴィンは目をこする。

「女子になってどこがわるいの？」声はいう。「男子より女子のほうがいいわよ。頭はいいし、かわいいし、勇気《ゆうき》があるもの。ポニーテールだってできる。ピッグテールも、きりさげ前髪《まえがみ》も。服《ふく》にキラキラしたかざりもつけられるわ。」

一瞬《いっしゅん》マーヴィンは目をとじるが、あわててパッチリあける。

「女子はさかだちができるのよ、マーヴィン。四歳《さい》の妹にできて、あなたはできないよね。」

「ひざで、うんていにだってぶらさがれるし。」

マーヴィンは日ごろから、できればなあと思っていた。

「女子は女子トイレも入れる。」声はいう。「入りたいと思わない？中で女子のないしょ話がききたくない？」

女子はトイレでなにを話してるんだろうと、マーヴィンは思う。いつもわらいながら、トイレから出てくるから。

「あっとおどろくないしょ話よ。」声はいう。「男子にはぜったいわからないわよ。」

マーヴィンの目がとじた。

うんていにひざでぶらさがる夢《ゆめ》を見ていた。あたたかな風がほおをなで、小鳥たちが歌をうたう。

マーヴィンの髪《かみ》は長い。その長い髪が、地面《じめん》をさっとかすめる。

うんていでスウィングし、空中でくるりと一回転《かいてん》すると、ひらりと地面《じめん》にまいおりる。

肩《かた》まである、シルクのようにつややかな髪《かみ》。

かれは頭をふる。髪は波《なみ》のように、シュワッと左右にうねる。

いきおいよく頭をふると、髪はくるりとまわった。

かれは、くすくすっとわらう。

女子って、たっのしーい！

マーヴィンは口のすみで、フーッと息《いき》をふきかけ、顔にかかる髪を、ふわっとそよがせた。

8　男子ってまだ子ども

まわりの子どもたちの大歓声《だいかんせい》で、マーヴィンは目をさました。
じっと見ていたケイシー・ハップルトンが、「あらーっ！」といって、ゆびをかんだ。
「なに？」とマーヴィン。
「教室で寝《ね》ちゃったね！」ケイシーはそういって、わらった。

マーヴィンは肩《かた》をすくめる。

どのくらい寝《ね》たんだろうと思う。見た目が、すっかり変《か》わってしまっていないか気になる。

マーヴィンはあたりを見まわす。ほかの子たちは、こうふんしてさわいでいる。

「みんなしずかに。」ノース先生がいった。「うるさくすると、やめにしますからね。」

「どうしたの？」とマーヴィン。

「レイク・パークにいくんだって！」とケイシー。

「すてき！」マーヴィンは、パチパチはくしゅした。

ケイシーが、ふしぎそうな顔で見た。ポニーテールが、よこにぴょこんと出ている。

もしじぶんがこんなヘアスタイルだったら、どうだろう。

「なに見てんの？」とケイシー。

「ポニーテール。」

「だから？」ケイシーがつめよる。

「かわいいね。」とマーヴィン。「でもいつもおなじだね。おれなら、たまにピッグテールにするなあ。*編《あ》みこみ三《み》つ編《あ》みとか。」

＊編みこみ三つ編み　はじめに髪《かみ》のたばを三つに分け、ねもとから先へ、少しずつ髪のたばをつけ足しながら編んだヘアスタイル。

ケイシーは、かれをまじまじと見た。「あなた、どうかしたの？」

「なんにも。」とマーヴィン。

「声もすごーくヘン。」とケイシー。「なにしたの？ ひじにキスしたの？」

マーヴィンは、ケイシーを見つめる。

ケイシーも見つめかえす。

ケイシーは気づく。

ケイシーが気づいたことに、マーヴィンは気づく。

マーヴィンがケイシーが気づいたと気づいたことに、ケイシーは気

づく。

「してないったら！」かれはいった。「おれをどういう子だと思ってんの？　ヘンな子、とか？」

ケイシーは、ゆびをかんだ。


生徒《せいと》たちはふたりずつペアになり、レイク・パークへ歩いていくことになった。

レイク・パークは、学校から三ブロックほどむこうにある公園だ。すばらしい遊園地《ゆうえんち》もある。

一週間まじめに授業《じゅぎょう》にとりくめば、たまの金曜日に、ごほうびとして、つれていってもらえるのだ。

「さあみんな、だれといっしょに歩くか、きめてください。」

さっとマーヴィンは、つくえの下にもぐり、くつひもをむすぶふりをした。ニックやスチュアートと組みたくなかった。

じぶんのことをよくしらない子を、さがさなければならない。すこし変《か》わったかどうか、気づかないような子を。

マーヴィンは、つくえの下からのぞいてみた。

スチュアートとニック、トラヴィスとクラレンス、ケニーとウォレン、ケイシーとジュディー、ジーナとヘザーがペアになっている。
ひとりぽつんとたっている子がいた。パッツィー・ギャッツビーだ。
ケニーがパッツィーをゆびさす。「チーズはひとりぼっちか。」
クラレンスが鼻《はな》をつまむ。「しかもくっさーいチーズ。」

パッツィーは、しょんぼりうつむく。

マーヴィンが、教室をつかつかとよこぎった。「パッツィー、ペアになってくれる？」

パッツィーは、なにもいわなかった。でもすぐに小さな声で、「いいよ。」といった。

ふたりは列《れつ》のいちばんうしろにつく。パッツィーはうつむいたままだ。

スチュアートが、「おまえ、なにやってんの？」というように、ふりかえってマーヴィンを見た。

マーヴィンは肩《かた》をすくめる。ニックがスチュアートにささやくのが見える。そしてかれらはわらった。

ウォレンがうたう。

♪ マーヴィンとパッツィーが
木にすわり〜
チューチューしてるよ
森のなか〜

マーヴィンはパッツィーを見た。顔が赤い。

「男子って、子どもだね。」とマーヴィン。

パッツィーが顔をあげ、マーヴィンにほほえむ。

パッツィーは、ピンクのTシャツの上から、黒のサスペンダーをつけている。かっこいいなあ、とマーヴィンは思う。

(女子ってうらやましいよな。)レイク・パークへの道すがら、マーヴィンはかんがえていた。(なにを着《き》たっていいんだもん。サスペンダーもできるし。)

(だけど、もしおれがワンピースで学校へいったら、ヘンとかなんとかいわれるんだろうなあ。)

いや、いわれないかな?　どうだろうと、マーヴィンは思った。あす、ワンピースを着ていくといいかも。ほかの子がどんな顔をするか見られるし。

(おれって、ほんとにバカ。)マーヴィンは気がついた。(きょうは金曜日だもの、あしたはお休みだ。)

パッツィー・ギャッツビーは、小さな声でハミングしている。

「おれ、学校にワンピース着ていったら、ヘンだと思う?」マーヴィンがきいた。

パッツィーは顔をあげ、くすくすわらった。

マーヴィンもくすくすわらった。

マーヴィンは、どういうわけでじぶんもわらったのか、わからなかった。でも、ただたのしいと思ったのだ。

「スコットランドじゃ、男の人がスカートはくのよ。」とパッツィー。

「いったことあるの？」マーヴィンがきく。

「ないけど、本で読んだの。キルト*っていうスカート。」

「本をよく読むんだね？」

パッツィーは赤くなる。「うん、まあ。」とつぶやき、またうつむく。

＊キルト　プリーツスカートのような、スコットランドの民族衣装《みんぞくいしょう》。伝統的《でんとうてき》なチェック柄《がら》（タータン）が一般的《いっぱんてき》で、軍隊《ぐんたい》の礼装《れいそう》などに着用《ちゃくよう》される。最近《さいきん》は女性《じょせい》も身《み》につける。

「ジャックもよくしてるね。」とマーヴィン。

パッツィーは肩《かた》をすくめる。

「ジャックはしたことないんだ。」とマーヴィン。

「ウォールボールがすきなんでしょ。」とパッツィー。

なぜわかるんだろうと、マーヴィンはおどろいた。でも、じぶんだって、パッツィーはジャックがすきだとしっているのだから、ふしぎはない。

「こんどウォールボールやらない？」マーヴィンは、さそってみた。

パッツィーは、ふりむいてマーヴィンを見る。そして、「いや、いい。」といってうつむく。

「かんたんだよ。」とマーヴィン。「おしえてあげるよ。」

パッツィーはだまっている。

「かわりに、ジャックのあそびかたおしえてくれる？」とマーヴィン。

パッツィーはわらった。「あなたっておかしな人ね！」

マーヴィンはこおりついた。いつもとちがっていることを、パッツィーに気づかれてしまったのか？

「どういうこと？」かれはきいてみた。

「だってやさしいんだもん。」パッツィーはいった。

9 女子はなぐれない

ニックとスチュアートが、マーヴィンを待《ま》ちうけていた。

「なんでパッツィー・ギャッツビーなんかにつかまったの？」ニックがきいた。

マーヴィンは肩《かた》をすくめ、パッツィーを見る。パッツィーはうつむいたまま、さきを歩いていた。

「やっぱりヘンだった？」とスチュアート。

「ううん。」とマーヴィン。「ふつうにしゃべったよ。」

「うえっ！」ニックがさけぶ。「おまえしゃべったの！」

「ほら、いそがなきゃ。」とスチュアート。「くもの巣《す》ネットにのぼろうぜ。」

レイク・パークの遊具《ゆうぐ》のなかで、巨大《きょだい》なくもの巣ネットは、マーヴィンのいちばんのお気にいりだ。ロープがくもの巣のように、はりめぐらされ、のぼるのがおもしろい。だけど、こわい。とくにてっぺんにのぼると。

マーヴィンは、くもの巣《す》ネットにむかった。しかし、ちょっとたちどまってふりむき、パッツィーを見た。

パッツィーは歩道にすわって、ジャックをしている。

そのすぐうしろに、クラレンス、トラヴィス、ケニーがたっているのに、気がつかない。

パッツィーは赤いボールを、地面《じめん》にぽんと、はずませた。

クラレンスがそれを、けりとばした。「おっと、ごめんよ、カメムシさん。」

ケニーとトラヴィスがわらう。

「いこうぜ、マーヴィン。」ニックがいう。

マーヴィンは親友たちのあとをおうが、また足をとめた。そして、クラレンスたちから、のがれようとするパッツィーを見ていた。

「どうした？　くせえ頭さん。」クラレンスは、パッツィーのサスペンダーのかたほうを、つかむ。

「はなして。」とパッツィー。

クラレンスはサスペンダーをぐいとひっぱり、パチンとはなす。

トラヴィスとケニーがわらう。

クラレンスは、もういっぽうのサスペンダーをつかみ、またひっぱってパチンとはなす。

「やめて。」とパッツィー。

「やめて。」クラレンスがからかう。

「パッツィーにかまわないでよ！」と
マーヴィン。

クラレンスがふりむく。「どうかした？　レッドポスト。」

マーヴィンはまっすぐ、クラレンスのもとへ歩みよる。

「じぶんが強いと思ってるの、クラレンス！」両手《りょうて》を腰《こし》にあて、マーヴィンがいった。「だけど、それはちがう。ただのデブでバカ。」

「おまえをなぐってもいいんだぜ。」とクラレンス。

「おおー、こわっ。」マーヴィンはパッツィーにふりむく。「クラレンスはじぶんがえらい人間だと思ってるの。クラスでいちばんでかいからって。でも、でかいのは、なん回も落第《らくだい》したからじゃない？」

パッツィーがわらった。

「おい、口のききかたに気をつけろよ。」とクラレンス。

まわりに人だかりができてきた。

「おとなになってよ！」とマーヴィン。

クラレンスはマーヴィンをにらむ。

マーヴィンも、まっすぐにらみかえす。たがいの顔が、数センチまで近づいた。

「えーっ、信《しん》じられない。」とマーヴィン。「なんてぶさいくなの。」

女子のグループがわらった。

クラレンスはつくりわらいをした。そして、「おまえは、なぐるねうちもねえよ。」といって、くるっとひきかえした。

「やったね、マーヴィン!」ニックがマーヴィンの背中《せなか》をぴしゃりとたたいた。

「わーお!」とスチュアート。「クラレンスに、はむかったんだ。」

ケイシー・ハップルトンがゆびをくわえ、じーっと見ている。

「こわくなかった？」ニックがきいた。

「こわくないよ。」とマーヴィン。「だって、クラレンスはなぐらないもん。じょ……。」といって、きゅうにだまる。

マーヴィンは、頭がこんがらがっていた。

あぶなかった。もうすこしでいいそうになった。（クラレンスはなぐらないもん。女子はね。）と。

10　くもの巣《す》ネットのてっぺんで

「ほっといてよ。」マーヴィンはそういって、その場をたちさる。

友だちがぞろぞろついてくる。

「ほっといてってば！」

みんながあとずさりする。

マーヴィンは、巨大《きょだい》なくもの巣ネットをのぼった。

足もとのロープが、ぶるんぶるんゆれてのぼりづらい。上にいけばいくほど、ゆれが大きくなる。

やっとのことで、てっぺんについたマーヴィンは、クラスの男子や女子をながめた。

頭の中がこんらんしていた。

かれには、男子と女子、両《りょう》ほうの心があった。ほんとうのじぶんは、どっちなのだろう。

いや、それはだいじなことだろうか？　男子と女子の心に、ほんとうにちがいはあるのだろうか？

マーヴィンにはわからなかった。なんにもわからなかった。
ただ、とほうもなくつかれていた。
スチュアートとニックが、ジュディーとケイシーをおいかけるのを、
マーヴィンは目でおった。
ジュディーがうたう。

♪ ニックは　しつれい
ニックは　ぶれい
ニックは　たべる　ドッグフード！

そしてジュディーはにげる。
ニックがおいかける。
ついで、ケイシーがうたうのがきこえる。

♪ スチュアートは　しつれい
スチュアートは　ぶれい
スチュアートは　たべる　ドッグフード！

「つかまえてやる！」スチュアートがさけぶ。

スチュアートは、ゆれるつり橋《ばし》をわたって、ケイシーをおいかける。

ニックは、反対《はんたい》がわからつり橋をわたって、ジュディーをおう。

女子は、両《りょう》ほうからはさみうちに。

男子は、えものをしとめようと、じりじりつめよる。

女子はきんきん声。

男子の足がとまった。

「ノース先生！」ジュディーがさけぶ。「ニックとスチュアートが、いやがることばっかり……。」

先生は、ニックとスチュアートをベンチにすわらせる。

じぶんもあんなふうに、うれしそうに女子をおいかけたっけ。マーヴィンは思いだした。わるいのは男子だとばかり思っていた。

しかしいまならわかる。女子は、おいかけられるのがすきなのだ。

これはゲームなんだ。そして、ルールはみんな女子がつくっているのだ。男子が勝《か》つなんてありえない。

(男子ってほんとうにバカだ。)じぶんがあれほどバカだったとは、信《しん》じられない。そう思うだけで、はずかしくなる。

とつぜん、つるっと足がすべった。

あやうくおちそうになりながら、ひっしでロープのつなぎ目をつかむ。そして、ぐいっと体をひきあげた。

マーヴィンはロープにしがみついたまま、遊園地《ゆうえんち》を見まわす。クラレンス、トラヴィス、ケニーがつるんでいた。パッツィー・ギャッツビーはジャックをしている。ケイシーとジュディーは、ぶらんこをこいでいる。ニックとスチュアートはベンチにすわっている。

そのとき、きゅうにマーヴィンはわかった。

「あらーっ！」マーヴィンはゆびをかむ。

いま、もやもやが、すっきりとはれたのだ。

なにもかもわかった。
男子でいるってどんな感《かん》じか。
女子でいるってどんな感じか。
女子と男子のほんとうのちがいが、やっとわかった。
男子が女子について理解《りかい》できないこと。
女子が男子について理解できないこと。
それはとても単純《たんじゅん》なことだ。女子と男子の、ちがいのなぞは……。
ふいに足をふみはずし、マーヴィンはくもの巣《す》ネットからなげだされた。

しかし、マーヴィンは地面《じめん》にはおちなかった。気づいたとき、ロープに両《りょう》ひざをひっかけ、さかさまにぶらさがっていた。

かれはしばらくそうしていた。いいきもちだった。ぬけだす方法《ほうほう》がわからなかった、ということもある。

「おーい、マーヴィン！」ニックが見あげている。「なんでそうなるんだ？」

「マーヴィン、だいじょうぶ？」とノース先生。

「たぶん。」とマーヴィン。

かれは、体をおこそうとした。両《りょう》ひざでぶんぶんゆらし、いっぽうの手をのばして、ネットをつかむ。

腕《うで》をネットからだしたりいれたりしながら、ちょうどいいところをつかむ。そしておそるおそる片足《かたあし》をほどく。

「気をつけて！」とノース先生。

自由《じゆう》になったほうの手で、マーヴィンはネットをひっぱった。

つぎにわかったことは、ひじがもうすこしで口につくぐらい、近づいたこと。

もういちどネットをひっぱった。

ひじがまた、ぐいと口に近づく。
マーヴィンはネットをひっぱる。どんどんひっぱる。
ひじがますます近づく。
腕《うで》がポキンとおれそう。
マーヴィンは、ひっしに口をつきだした。
「なにやってんの？」下からスチュアートがさけんだ。
肩《かた》がにょっきり、とびだしそう。
マーヴィンは、力いっぱいネットをひっぱった！
最後《さいご》にわかったのは、地面《じめん》にまっさかさまにおちていったこと。

「マーヴィン!」パッツィーが金きり声をあげた。

でも、頭が砂《すな》に着地《ちゃくち》したその瞬間《しゅんかん》、かれはひじにキスをした。

「マーヴィン、だいじょうぶ?」とノース先生。

「ケガはしてない?」とパッツィー。

「救急車《きゅうきゅうしゃ》よぼうか?」とスチュアート。

「おい、死《し》んだのか?」とクラレンス。

マーヴィンは目をあける。

「見ちゃったもんね。」とケイシー。

11 ふつうの男子

月曜の朝、ニックやスチュアートと学校へいった。マーヴィンはフットボールを、空中にぽーんとなげる。

女子と男子のちがいのなぞが、どうしても思いだせなかった。どっちみちつまらないことだ。マーヴィンはそう気づいた。（つかれすぎていたから、あんなヘンなことをかんがえたんだ。）

（男子が女子になるもんか！）

マーヴィンにひつようなのは、夜ぐっすりとねむることだった。そうしてかれは、ふつうの男子にもどった。

ただし、ほんとうにかぜをひいていた。どおりで、声がおかしかったわけだ。

（ようするに、女子はバカでヘンなだけ。これが男子と女子のちがいのなぞだ！）

マーヴィンは教室へ入った。クラレンスがえんぴつをけずっている。

ふと、レイク・パークで、クラレンスにいったことを思いだした。

(おれは頭がどうかしてたんだ。あのとき殺《ころ》されてもふしぎじゃなかった!)

マーヴィンは、身《み》の安全《あんぜん》のために、あやまることにした。

クラレンスはマーヴィンを見て、あとずさりした。そしておちつかない声でいった。「なんの用だ?」

「あのう、き、金曜日は、ごめんね。寝《ね》ぶそくだったんで、じぶんがなにをしゃべってるのか、わかんなくて……。」マーヴィンは手をさしだす。「これでいい?」

クラレンスはにやっとわらった。不安《ふあん》がきえたようだ。「そうだな。あのとき、歯《は》をへしおられないで、運《うん》がよかったな。」

クラレンスは握手《あくしゅ》し、席《せき》にもどろうとするマーヴィンの背中《せなか》を、どんとおした。

「見たもん！」ケイシーがいった。「くもの巣《す》ネットからおちたとき、ひじにキスしたでしょ！」

「だけどまだ男子だよ。」とマーヴィン。「ということは、きみがヘンだってことさ！」

ケイシーは、マーヴィンだけにとどく小さな声で、うたった。

♪　マーヴィンは　しつれい
　　マーヴィンは　ぶれい
　　マーヴィンは　たべる　ドッグフード！

「休み時間にやっつけてやるー！」
「マーヴィン？」とノース先生。「なんのこと？」
「マーヴィンは、いやがることばっかりするんです。」ケイシーがもんくをいった。「休み時間にやっつけてやる、って。」

「マーヴィン、人のいやがることはやめなさい。」とノース先生。「ケイシーがかわいいのはわかるけど、目は教科書にむけなくちゃ。」

みんながどっとわらった。マーヴィンは赤くなった。


休み時間にマーヴィンは、ニックやスチュアートとウォールボール・コートへいった。

「見ろ、パッツィー・ギャッツビーだ。」とニック。

マーヴィンとスチュアートがわらう。

パッツィーは、ひとりでジャックをしてあそんでいる。

金曜日のことで、最高《さいこう》にヘンだったのは、パッツィーと話したこと。

マーヴィンはそう思った。

かれは頭をふった。あのときの会話を思いだす。「やさしい」っていわれたっけ。

パッツィーは目をあげ、「こんちは、マーヴィン。」と声をかけた。

マーヴィンはまえをとおりすぎる。

「こんちは、マーヴィン。」そっとマーヴィンをおしながら、スチュアートがおかしな声でいう。

ニックがわらう。

マーヴィンは、スチュアートをおしかえす。

三人は、ウォールボールの列《れつ》にならんだ。

マーヴィンはパッツィーを見た。みんなにからかわれるだけで、友だちがひとりもいない。

「おれの番とっといて。」マーヴィンはいった。

そしてパッツィーのところへもどった。

ジャックはおもしろそうだと、マーヴィンはまだ思っている。でも、きまりがわるくて、なかなかジャックをしてあそぶことができない。

「パッツィー、ウォールボールやらない？」

パッツィーは、いそいでジャックをポケットにつっこんだ。そして、きらきらの笑顔《えがお》で、ウォールボール・コートへやってきた。

「やりかたをおしえるって、約束《やくそく》したんだ。」マーヴィンは友だちに説明《せつめい》した。

「こんちはー。」とパッツィー。

「こ、こんちは。」とスチュアート。

ニックは、口の中でぶつくさいっている。

訳者《やくしゃ》あとがき

お待《ま》たせしました。ルイス・サッカーさんの「マーヴィン・レッドポスト」シリーズ第三弾《だいさんだん》をおとどけします。このシリーズはどれも、九歳《さい》のマーヴィンがおかしくも真剣《しんけん》になやむお話です。『先生と老犬《ろうけん》とぼく』では、先生に老犬の世話《せわ》をたのまれ、ドッグフードを食べるはめになり、『どうしてぼくをいじめるの？』では、鼻《はな》をほじったといううわさが広がり、人生のどん底《ぞこ》を経験《けいけん》します。さて今回のなやみとは？

となりの席《せき》のケイシーに、「ひじの外側《そとがわ》にキスしたら、男子は女子に、女子は男子になる。もとにもどるにはもう一度《ど》キスすればいい。」と言われたマーヴィンは、ありえない！　と思いながらも、ためさずにいられません。そしてその夜、ベッドからおちたひょうしに、ひじが口にあたったから、さあたいへん！

あわてて体をチェックしますが、まだ男子！　ところが、ワンピース姿《すがた》で野球《やきゅう》をする夢《ゆめ》を見て悲鳴《ひめい》をあげ、とんできたお母さんに妹のリンジーの声とまちがえられ、ペットのトカゲと目があって「きもちわるっ！」と口をおさえます。バスルームにかけこんで鏡《かがみ》を見ると、どことなく……かわいい！　次《つぎ》の日も、リンジーを見て、いろんな髪型《かみがた》や服装《ふくそう》ができる女子がうらやましくなり、机《つくえ》の上でまどろむと、肩《かた》まであるつややかな髪になった夢を見て、「女子って、たっのしーい！」とさけびます。

そして、これまで気づかなかったことが見えてきました。強がる男子が子どもっぽく見え、バカだと思っていた女子に勝《か》てそうにありません。のけ者《もの》にされている女子のパッツィーがすてきに見え、たのしいおしゃべりをします。パッツィーをいじめるクラレンスにも、女子の特権《とっけん》（？）を使《つか》って立《た》ち向《む》かいます。マーヴィンは女子になってしまうのでしょうか？　もとのマーヴィンにもどれるのでしょうか？

あなたは、女子（男子）になってみたいと思ったことはありませんか？　クラスで男子と女子が張《は》りあったり、男子だからとか、女子だからといわれて反発《はんぱつ》したりするのは、アメリカも日本も、それほど変《か》わりないのかもしれませんね。

マーヴィンはこわい思いをしながら、女子の気持《きも》ちになることで、男子と女子のちがいに気づきました。そして、こだわりをなくせば、思っているほどのちがいはないことにも。最後《さいご》に、少しおとなになったマーヴィンを見ると、たった一日でしたが、とても貴重《きちょう》な体験《たいけん》だったことがわかります。

はら　るい

二〇一一年　六月

ルイス・サッカー　作者
1954年、ニューヨークに生まれる。1998年、『穴』（講談社）で全米図書賞、ニューベリー賞などを受賞。その他の作品に、『歩く』『道』『トイレまちがえちゃった！』（ともに講談社）、『顔をなくした少年』（新風舎）、『ウェイサイド・スクールはきょうもへんてこ』（偕成社）などがある。本書は「マーヴィン・レッドポスト」シリーズの第3巻。テキサス州在住。

はら るい　訳者
1944年、下関市に生まれる。主な訳書に、『やったね、ジュリアス君』（さえら書房）、『虎よ、立ちあがれ』（小峰書店）、『ハーモニカふきとのら犬ディグビー』（PHP研究所）、『いつもそばに犬がいた』『ハリスとぼくの夏』『思い出のマーシュフィールド』『カティーにおまかせ！』「マーヴィン・レッドポスト」シリーズ（ともに文研出版）などがある。さいたま市在住。

むかいながまさ　画家
1941年、鎌倉市に生まれる。主な絵本やさし絵の作品に、『からすのゆうびんきょく』（金の星社）、『ヤギとライオン』『はじめは「や！」』（ともに鈴木出版）、「大草原の小さな家」シリーズ（草炎社）、「きょうりゅうがやってきた」シリーズ（金の星社）、『しあわせの子犬たち』「マーヴィン・レッドポスト」シリーズ（ともに文研出版）などがある。鎌倉市在住。

文研ブックランド
ぼくって女の子？？
作　者　ルイス・サッカー
訳　者　はら るい
画　家　むかいながまさ

2011年8月30日　第1刷
2014年5月30日　第2刷
ISBN978-4-580-82129-3
NDC933　A5判　128p　22cm

発行者　佐藤徹哉
発行所　文研出版　〒113-0023　東京都文京区向丘2-3-10　☎(03)3814-6277
〒543-0052　大阪市天王寺区大道4-3-25　☎(06)6779-1531
http://www.shinko-bunken.com/

印刷所／製本所　株式会社太洋社